Sültz Bücher

AF200320

Mein kleines Weihnachtsbuch

Geschichten für Eltern, Kindergeschichten zum Vorlesen

und Notizseiten für Weihnachtsgeschenke oder Wünsche für das neue Jahr

&

WEIHNACHTSGESCHICHTEN

ZUM HEILIGABEND

BoD- Books on Demand

Norderstedt 2018

Bibliografische Information durch die Deutsche Nationalbibliothek

Die Deutsche Nationalbibliothek verzeichnet diese Publikation in der Deutschen Nationalbibliografie; detaillierte bibliografische Daten sind im Internet über http://dnb.dnb.de abrufbar.

© 2018 Renate Sültz & Uwe H. Sültz

Herstellung und Verlag:

BoD – Books on Demand, Norderstedt

ISBN 9-78374-8-14742-8

Inhalt Buch 1:

Inhalt Buch 2:

Vorwort

Wie schön wäre es doch, wenn wir alle Frieden auf dieser wunderschönen Erde hätten. Frieden zwischen allen Ländern, Frieden zwischen allen Menschen und Frieden in den Familien. Dicht gefolgt von der Gesundheit. Wir können es uns nur wünschen... Frieden und Gesundheit auf der Erde und in allen Familien.

Dieses kleine Weihnachtsbüchlein entstand so: Der Heiligabend war wunderschön. An den Weihnachtstagen werden die Großeltern und Verwandte besucht. Der Vater sitzt am Lenkrad und konzentriert sich auf den Straßenverkehr. Die Kinder freuen sich und sind ganz aufgeregt. Nun liest die Mutter ein, zwei Geschichten aus diesem Büchlein vor. Danach trägt sie ein paar Wünsche für das neue Jahr in dieses Büchlein ein und streicht die aufgeschriebenen Geschenke für die Großeltern. Die Fahrt ist lang, nun kann auch die Mutter mit einer Geschichte noch etwas entspannen.

Christus ist heute geboren.

Frieden ist in den Herzen.

Niemand ist verloren.

Zündet die Kerzen.

Wir feiern die Geburt des Herrn,

woll'n beten und singen.

Kriege führen liegt uns fern,

Frieden woll'n wir bringen.

Drum lasst uns zum Kindlein geh'n,

sehen wie es in der Krippe liegt.

Maria möchten wir sehen,

wie sie es in den Armen wiegt.

Fitus
der Sylter Strandkobold
Meine Weihnachtsgeschichten

Sültz Bücher

Weihnachtsgeschichten mit Fitus und seinen Freunden - mit vielen farbigen Sylt-Bildern - zum Vorlesen oder Selbstlesen - für Kinder ab 7

Vier Vorlesegeschichten für Kinder. Wer gerade zu den Großeltern fährt, um das Weihnachtsfest dort zu feiern, die Kinder ungeduldig im Auto oder im Zug sind, da lässt sich eine schöne Weihnachtsgeschichte vorlesen. Es sind Geschichten von unserem Kobold Fitus. Fitus lebt auf der Insel Sylt und hilft allen Kindern und Tieren wenn sie Hilfe benötigen. Kinder und Tieren können den Strandkobold sehen, das ist doch klar.

Lilly Mops

Jetzt, in dieser kalten Jahreszeit, ist an den Stränden der Insel Sylt fast nichts mehr los. Warm eingemummelt laufen noch ein paar Urlauber dort entlang. Doch Kinder sieht man eher selten. Fitus kontrolliert trotzdem weiter die Strände, denn schließlich muss Ordnung herrschen. Als Fitus wieder einmal über die Strandstraße hüpft, findet er einen herrenlosen kleinen Mops. Es ist sehr viel Betrieb, weil in der Vorweihnachtszeit alle unterwegs sind, um Einkäufe zu tätigen.

Der Hund jault und fiept herzzerreißend. Da Fitus über alles und alle Leute genau Bescheid weiß, war es auch in diesem Moment einfach, sich die Namen der Tiere und der Menschen zu merken. Übrigens können ja die Tiere den Strandkobold sehen. Der winzige Mops, mit dem süßen Namen Lilly, war noch kein Jahr alt und darum noch recht zappelig und verspielt.

Nun musste Fitus handeln. Lilly ließ sich überhaupt nicht beruhigen. Da der Kobold Zauberkräfte besaß, hatte er keine Mühe sich in einen Menschen zu verwandeln. Er malte Schilder von dem kleinen Hund und schrieb darunter, dass sich doch der Besitzer so schnell wie möglich melden möge. Fitus gab noch die Telefonnummer seines Handys an, denn auch Kobolde müssen immer erreichbar sein. Bis sich nun jemand meldete, setzte sich Fitus, als Mann verwandelt, in ein naheliegendes Restaurant mit Lilly und wartete ab.

Hätte der Strandkobold den kleinen Mops nicht gefunden, wäre er bestimmt schon in einem Tierheim abgegeben worden. Ein Tierheim gibt es übrigens in Tinnum. Das Handy blieb lange still. Ein Straßencafé nach dem anderen klapperte Fitus ab, denn wo sollte er sonst warten. Lilly fing an zu frieren, je später es wurde. Langsam wurde es dunkel, die Weihnachtsbeleuchtungen gingen überall an.

Doch niemand rief an oder wurde auf den Hund aufmerksam. Der Kobold gab die Hoffnung nicht auf. Er kümmerte sich gut um Lilly und fütterte sie ständig mit Leckerchen. Trotzdem weinte der kleine Hund unaufhörlich. In diesem Moment klingelte endlich das Telefon. Eine junge Frau war am Apparat. Sie entschuldigte sich ein paar Mal. „Ich hatte die ganze Zeit die Leine in der Hand, sah mir die Auslagen in den Schaufenstern an und merkte nicht, dass Lilly sich schon lange von ihrem Halsband befreit hatte.", sagte sie. „Mein Gott, so eine Ausreißerin, da muss ich in Zukunft aber besser aufpassen.", lachte sie und bedankte sich immer wieder.

Wieder hatte Fitus eine gute Tat vollbracht. Doch er verwandelte sich schnell wieder zurück in den Kobold, den wir alle kennen. Für Fitus ging die Weihnachtstour über die Insel weiter und verwandeln wollte er sich nicht mehr, oder etwa doch?

"Und nun gibt es eine weitere Weihnachtsgeschichte!"

Spuren im Sand

Morgen ist der 6. Dezember, also Nikolaus. Fitus, unser Sylter Strandkobold, läuft von List nach Westerland, um zu sehen, ob alles seine Ordnung hat oder Hilfe benötigt wird. „Oh, hier im Sand liegt aber eine schöne Puppe. Und dort ein rotes Spielzeugauto!", sagt Fitus. Je weiter Fitus am Strand entlang läuft, umso mehr Spielsachen findet er. Jetzt legt er einen Zahn zu und rennt ganz schnell in Richtung Westerland. Da hinten, noch weit entfernt, sieht er den Nikolaus. Er trägt einen großen Sack auf dem Rücken. „Moin lieber Nikolaus!", ruft Fitus. „Du hast ein großes Loch in deinem Geschenkesack und verlierst schon viele Kilometer Spielsachen."

Der Nikolaus sagt: „Oh, das ist mir überhaupt nicht aufgefallen." Ja, liebe Kinder, wenn ihr euch fragt, wie der Nikolaus an alle Kinder am 6. Dezember denken kann und für jedes Kind Spielzeug im großen Sack verstauen kann, dann sei gesagt, dass sich der Sack immer wieder automatisch auffüllt. Der Nikolaus hat also immer etwas für jedes Kind dabei.

„Jetzt kann ich gar nicht zurücklaufen, um alles wieder einzusammeln, was mache ich denn jetzt, lieber Fitus?", seufzte der Nikolaus. „Ich habe da eine Idee, lieber Nikolaus. Ich mache das schon.", rief Fitus. Da vor zwei Tagen ein starker Sturm über die Insel fegte, konnte eine Schulklasse nicht aus der Jugendherberge in List abreisen. Es war die fünfte Klasse aus Hannover.

„Morgen ist Nikolaus.", sagte Lehrerin Frau Mücke. „Ach, ich glaube schon lange nicht mehr an den Nikolaus.", rief der Schüler Sven. „Ich schon!", erwiderte Schülerin Anna. Fast alle stimmten Anna zu. Fitus wusste, dass die Schüler nicht abreisen konnten und hörte das Gespräch.

Am 6. Dezember schlich sich Fitus zu Anna. Es war 6 Uhr am Morgen. „Anna, wache bitte auf.", flüsterte Fitus. „Oh, dass ich dich einmal sehen würde. Ich freue mich so.", sagte Anna ganz verschlafen. „Heute ist Nikolaus. Gehe nach dem Frühstück mit deinen Klassenkameradinnen und Kameraden an den Strand. Ich glaube der Nikolaus war dort.", sagte Fitus weiter.

Um 7 Uhr 30 wurde in der Jugendherberge gefrühstückt. Danach fragte Lehrerin Frau Mücke die Kinder, worauf sie heute Lust hätten. „Ich möchte zum Strand, denn dort war der Nikolaus.", rief Anna. „Der Nikolaus. Wer hat dir denn den Floh ins Ohr gesetzt?", fragte Sven. „Das war der Sylter Strandkobold Fitus!", rief Anna. Alle lachten. „Gut, dann gehen wir einmal zum Strand.", sagte Lehrerin Frau Mücke. Eigentlich sagte sie das eher deswegen, um ihre Ruhe zu haben, denn sie musste sich schließlich noch um die Rückreise kümmern.

Am Strand angekommen, sahen die Schüler die vielen Spielsachen. „Das gibt es doch gar nicht!", rief Sven. „Ja, der Nikolaus eben.", lachte Anna. „Jetzt weiß ich, dass es den Nikolaus gibt.", sagte Sven kleinlaut. Für jedes Kind war etwas dabei, als wenn der Nikolaus alles schon wusste.

Fitus und die kleine Franciska

Weihnachtsmärkte sind schon etwas Besonderes. Die Atmosphäre ist irgendwie friedlich und feierlich. Wenn es nach Fitus ginge, könnte es immer Weihnachtsmärkte geben. Heute ist der Sylter Strandkobold in List. Hier ist der Weihnachtsmarkt zwar klein, aber es gibt allerlei Leckereien. Und so richtig bunt und schön ist es in der Alten Tonnenhalle, gerade die Süßigkeiten. Das ist gerade das Richtige für den Kobold. Es gibt Zuckerwatte, Bratäpfel, frischen Apfelkuchen, Waffeln und natürlich das, was Fitus am liebsten mag, eine knusperig-braun gebratene Bratwurst. Dazu muss er sich jedes Mal zum Menschen verwandeln. Gerne macht er das nicht, aber manchmal geht es nicht anders. An diesem Nachmittag wurde es sehr schnell dunkel. Die schöne, bunte Beleuchtung der Marktbuden erhellte die Dunkelheit. Selbst gebastelter Weihnachtsschmuck wurde von Frau Ohlsen angeboten. Dieses Büdchen war besonders feierlich geschmückt. Frau Ohlsens dreijährige Tochter Franciska konnte nicht immer gebändigt werden. Jedoch Frau Ohlsen musste ihre kleine Tochter stets mitnehmen, da sie niemanden hatte, der sich in dieser Zeit um sie kümmerte. Es war schon eine große Verantwortung für die junge Mutter. Franciska wollte alles wissen und untersuchen. Man kannte sie schon auf dem Platz. Überall wo die Kleine stehenblieb, bekam sie etwas Süßes. An diesem späten Nachmittag war das Mädchen nirgendwo auf dem Weihnachtsmarkt zu sehen. Sie war einfach verschwunden. Ihre Mutter machte sich große

Sorgen und schloss ihre Bude ab, damit sie Franciska suchen konnte. Fitus beobachtete alles genau und machte sich ebenfalls auf die Suche. Da der Waffelstand immer frische Waffeln nachbacken musste, wurde der Teig vorher vorbereitet. Es waren Eimer, in denen der Teig gefüllt war. Sie standen aus Platzmangel auf dem Boden des Waffelbüdchens. Ein Eimer war schon geöffnet, weil der Inhalt im Anschluss verarbeitet werden sollte. Irgendwie muss es Franciska geschafft haben in die kleine Bude zu kriechen. Jedenfalls saß sie unbeobachtet am Boden. Zwischen ihren Beinchen geklemmt, hatte sie den offenen Eimer mit dem Waffelteig. Das kleine Mädchen tauchte ständig ihre Händchen in den Teig. Sie leckte sie ab und dabei kleckerte sie sich von oben bis unten mit dem zähen Teig voll. Sie quietschte vor Wonne und bemerkte nicht, was um sie herum geschah. Noch wurden die Besitzer der Waffelbude nicht darauf aufmerksam. Sie hatten viel zu tun und es war durch die vielen Menschen nicht gerade leise. „So ein Getümmel hatten wir schon lange nicht mehr auf der Insel, schon gar nicht im Dezember.", dachte der Sylter Strandkobold. Als Fitus die piepsige Stimme von Franciska hörte, hatte er sich gerade eine Bratwurst gekauft und biss kräftig hinein. Fitus machte sich unsichtbar und ging dem Gebrabbel des Kindes nach. Franciska konnte ihn sehen und freute sich. Doch sie ließ sich nicht davon abbringen mit dem Teig zu spielen. Der Kobold verwandelte sich wieder zurück in einen Menschen und sprach mit dem Waffelbudenbesitzer: „Herr Thomson, bitte schauen sie doch mal in der Nische hinter dem Waffelofen nach, ich glaube ich höre dort die kleine

Franciska." Als sie schließlich das Kind fanden, mussten alle schallend lachen. Franciska war nicht wieder zu erkennen. Ihre Zöpfe waren vollkommen mit Teig bedeckt. Sie trug ein Kleidchen aus Waffelteig und ihre Arme steckten bis unten in dem Waffeleimer. Mit einem lachenden Gesicht schaute sie alle unschuldig an. Frau Ohlsen konnte ihrem Kind überhaupt nicht böse sein. Sie bedankte sich bei Fitus und den anderen und nahm die Kleine mit. Sie fuhren nach Hause und die junge Frau machte sich Gedanken, wie es wohl weiter gehen sollte. Sie brauchte das Geld dringend, was sie mit den gebastelten Weihnachtssachen verdiente. Einige Tage später erklärte sich, auf die Anfrage von Frau Ohlsen, eine ältere Frau dazu bereit, auf Franciska aufzupassen.

Auf dem Weihnachtsmarkt aß Fitus nun schon die zweite Bratwurst und ging in sein kleines Strandhäuschen. Dort wohnte er als Otto Andersen und keiner ahnte, dass er ein Kobold war. Von hier aus konnte er bequem an den Stränden nach dem Rechten sehen und war sofort da, wenn man ihn brauchte. Denn schließlich war er ja der Sylter Strandkobold.

"Und nun gibt es eine weitere Weihnachtsgeschichte!"

Fitus und der Seemann

Es schneit. Heute ist der 22. Dezember. Fitus geht vergnügt durch List und beobachtet alle Menschen bei den Weihnachtsvorbereitungen. Immer wieder schaut er auch bei den Hansens vorbei. Vater Hansen liegt immer noch im Krankenhaus. Er ist vom Dach gefallen. Mutter Hansen muss nun für ihre 3 Kinder alles allein organisieren. Jeden Tag besucht sie ihren Mann, macht danach den Haushalt und kümmert sich liebevoll um ihre Kinder. Torben ist 5 Jahre, Lore ist 8 Jahre und Sven 10. Er hilft Mutter Luise wo er nur kann. Hauptsächlich möchte aber Torben mit ihm spielen. Dabei muss doch Weihnachten vorbereitet werden. Der Tannenbaum muss besorgt werden, die Christbaumkugeln aus dem Keller hochholen und die Wohnung hübsch schmücken, Mutter Luise ist einfach überfordert.

Fitus erkennt die Sorgen der Familie, aber da gibt es auch noch viele andere Familien, denen geholfen werden muss. Nun überlegt unser Sylter Strandkobold und überlegt. Er geht den Lister Hafen auf und ab. „Wie kann ich nur helfen?", murmelt er so vor sich hin. „Moin", ruft da ein Mann, der auf die Nordsee blickt. Fitus dreht sich um, niemand ist zu sehen. „Meinst du mich?", fragt Fitus den Mann. „Ich werde doch nur von Kindern und Tieren gesehen." „Tja, ich kann dich eben sehen, lieber Kobold Fitus." Fitus war erstaunt. Aber so kurz vor Weihnachten musste sich Fitus noch um so viel kümmern, dass er nicht weiter darüber nachdachte. „Ich bin Seemann, kann ich dir helfen?", fragt Klaus, der

Seemann. „Ach, dich schickt der Himmel. Da ist eine Familie, die braucht dringend Hilfe. Ich weiß nicht wie du helfen kannst, aber mache einfach etwas. Dann kann ich nach Westerland, um den Ludwigs zu helfen."
Gesagt, getan. Fitus lief schnell nach Westerland und verließ sich ganz auf Seemann Klaus. Morgens am 23. Dezember bei den Hansens. Oh Schreck, jetzt hat sich Mutter Luise auch noch den Fuß verstaucht. Vater Hansen durfte zwar das Krankenhaus über Weihnachten verlassen, aber er lag ganz eingegipst auf dem Sofa. Mutter Luise humpelte durch die Küche und die Kinder spielten im, Kinderzimmer. Es schellte. Sven öffnete dir Tür, er war traurig, denn es gab in diesem Jahr wohl kein Weihnachten. „Ho, ho, ho!" ertönte es vor der Tür. „bist du es wirklich?", rief Sven etwas erschrocken. „Ja, ich bin es, ich bin der Weihnachtsmann. Ich bringe Geschenke, einen Weihnachtsbaum und einen leckeren Fisch aus der Nordsee mit.", sagte der Weihnachtsmann in seinem roten Mantel, mit dem weißen Bart. Die Familie freute sich riesig. Der Weihnachtsmann stellte den Baum auf, er räumte mit den Kindern die Wohnung auf und schlief schnarchend im Kinderzimmer bei den Kindern ein. Am 24. Dezember, also Heiligabend, kochte er ein leckeres Essen für den Abend. Mutter Luise weinte vor Freude. Und dann ging es auf 18 Uhr zu. Die Familie versammelte sich vor dem prächtig geschmückten Weihnachtsbaum. Die Tür ging auf und herein kam der Weihnachtsmann. Sie beteten gemeinsam am Tisch und freuten sich auf das leckeren Weihnachtsessen. Danach schickt der Weihnachtsmann die Familie ins Wohnzimmer. Alle waren ganz gespannt, es war ein so

herrlicher Heiligabend, sollte es jetzt sogar noch Geschenke geben? Tatsächlich! Für jeden gab es genau die Geschenke, die sich jeder gewünscht hat. „Danke, lieber guter Weihnachtsmann!", rufen alle. Der Weihnachtsmann verabschiedete sich von allen und nahm jeden in die Arme. In der Zwischenzeit hatte Fitus alles erledigt. Jetzt lief er schnell zu den Hansens, um zu sehen, wie der Seemann Klaus helfen konnte. Vor der Haustür traf er Klaus. Er war ja nicht zu übersehen mit seinem gestreiften Pullover und dem braunen Vollbart. „Alles ist erledigt, lieber Fitus. Lauf nach oben und freue dich mit den Hansens. Übrigens, ich wünsche dir „Frohe Weihnachten" mein Freund". „Dir ebenso und danke für deine Hilfe, lieber Seemann Klaus."

In der dritten Etage angekommen, fallen die Kinder Fitus glücklich um den Hals. „Fitus, Fitus, stell' dir vor, der echte Weihnachtsmann war bei uns. Er hatte einen weißen Bart und einen roten Mantel getragen. Schau Fitus, was er mir mitgebracht hat.", rief Lore. Fitus war erstaunt. Es begegnete mir doch nur der Seemann Klaus. Fitus dachte: „Ja, manchmal geht der Weihnachtsmann ganz eigene Wege um zu helfen."

 ... euer Fitus

Ein Fitus-Gedicht

Kinderherzen lachen,

das Fest steht vor der Tür.

Fitus will euch fröhlich machen,

auf seiner geliebten Insel hier.

Der Heiligabend naht heran.

Die Kinder haben viel gesehen.

Am Abend gehen die Lichter an.

Fitus kann nicht mehr stehen.

Auf dem Weihnachtsmarkt, da springt er rum.

Passt immer auf, mal hier, mal dort.

Man sieht ihn nicht, er ist nicht dumm.

Bleibt bei den Kindern und geht nicht fort.

Drum kommt nach Sylt und feiert auch.

Ein Fest mit Fitus, es wird schön.

Mit viel Lichtern, das ist so Brauch.

Wir werden den Kobold wiedersehen.

"Und nun gibt es eine weitere Weihnachtsgeschichte!"

Für Erwachsene!

Die Jukebox

Anfang der 1950'er Jahre trafen sich ein paar Musikfreunde regelmäßig in „Joe's Bar". Im Süden von New York. Es war eine kleine, feine und schlanke Bar. Zur Straße war sie wenige Meter breit und zog sich nach hinten aber weit heraus. Die Theke begann bereits am Eingang. Pete, Joes Sohn, schaute oft, wenn keine Gäste da waren, auf die Straßenlaternen. Wieder an einem Sonntagabend schlenderten die Musikfreunde in die Bar. Seit Ende der 1940'er Jahre trafen sie sich Fred, Ben, Dan und Luzie. Sie waren mit die ersten Musikfreunde, die die Single- Schallplatten aus „Ricki's Musik Laden" erworben hatten. Bei Dan hörten sie oft diese neuen Schallplatten. Aber seine Einzimmerbehausung glich immer einem Schlachtfeld. Dan hatte immer die Ausrede, wegen der Nachtarbeit, nichts machen zu können. An diesem Samstag aber überraschte Pete die Gäste mit einer Jukebox.

Drei Single Schallplatten hatte er erworben. Reichlich Platz war noch für weitere Platten. Luzie brachte ihre Freundin Cindy mit. Beide trugen ihr Lieblingspetticoat Kleid. Cindy hatte ihres extra für diesen Samstagabend erworben. Es war mit weißen Punkten versehen. Natürlich waren alle schwer begeistert von der neuen Jukebox. Aber Dan warf auch seine Blicke auf Cindy. Es schien so, als wenn sie Gefallen aneinander finden würden. Die Blicke, wurden heftiger und sie hörten nichts mehr. Die Single der Flamingos, mit dem Titel „I Only Have Eyes For You" tat ihr weiteres dazu. Dan forderte Cindy zum Tanzen auf. Er spürte ihre warme und weiche Haut. Er hatte sehr muskulöse Oberarme und immer blitzblank geputzte Schuhe. Das gefiel Cindy. Er schmiss immer wieder Münzen nach, um das Lied immer und immer wieder hören zu können. Pete machte Spaß und meinte: „Ja, dann ist die Box schnell abgezahlt. Auf eine Münze ritzte Dan die Buchstaben „lly" ein, für „I love you". Als Mechaniker, hatte er immer einen Schraubendreher in der Tasche. Da traute sich nicht diese Worte gleich am ersten Abend zu sagen.

Er küsste die Münze und warf sie ein. Nur die Jukebox spielte nicht. Die Münze hatte sich verklemmt. Pete nahm eine neue Münze aus der Kasse und warf sie ein. Die Zeit verging und die Gruppe traf sich weiterhin. Dan und Cindy tanzten sich immer wieder in eine Traumwelt. Eines Tages musste Dan einen Auftrag im Ausland annehmen. Aus den geplanten zwei Monaten wurden zwei Jahre. Für die große Liebe war es furchtbar. Die Bar war weiterhin gut besucht und die Freunde trafen sich wie immer regelmäßig. Dan konnte durch seinen Auslandsjob leider nicht mehr dabei sein. Cindy war zwar bei jedem Treffen dabei, aber die Flamingos wurden nicht mehr gespielt. Jeder nahm Rücksicht auf Cindy. An diesem Abend kamen Jack und Stan in die Bar. Jack warf sofort ein Auge auf Cindy. Er verwickelte Cindy in Gespräche über den Rock' n Roll. Charmant machte er ihr Komplimente. Cindy hingegen war nicht interessiert und merkte aber auch nicht, dass Jack harte Sachen in Cindys Glas füllte. Jack hatte immer für alle Fälle etwas dabei. Das Mädchen konnte den hochkonzentrierten Alkohol nicht vertragen. Da Jack mit seinem Auto da war, bot er Cindy an, sie nach Hause zu fahren. Nach dieser Fahrt wurde das Mädchen schwanger, weil Jack ihren betrunkenen Zustand ausgenutzt hatte. Leider musste sie ihn heiraten, da sie noch nicht volljährig war. Sie war sehr traurig. Sie schämte sich und brach den Kontakt zu Dan ab. Was sollte sie ihm denn auch erzählen? Jack entwickelte sich zum Tyrannen und behandelte Cindy schlecht. Cindy war mit ihren Gedanken immer bei Dan. Eines Tages stieß Jack Cindy die Treppe hinunter, weil sie sich ihm wieder verweigerte. Das arme Ding war von diesem Tag an querschnittgelähmt. Bald zog Jack aus. Er suchte sich eine jüngere „funktionierende" Frau. Cindy wollte verständlicherweise in dieser Wohnung nicht mehr bleiben und suchte sich eine Wohnung in einem Haus, dass behindertengerecht gebaut war.

Die Zeit verging...

Dezember… es musste ein altes Radio repariert werden. Dan, mittlerweile in die Jahre gekommen, hatte das Reparieren von alten Geräten zu seinem Hobby gemacht.

Dan erfüllte sich endlich einen Traum. Er ersteigerte bei „Darnell's Pawnshop", einem Leihhaus im Westen New Yorks, eine alte Jukebox. Einige Ersatzteile hatte Dan immer im Haus. Es musste der Rahmen gerichtet werden und noch ein paar Dinge. Die Jukebox spielte das alte Lied, auf das er mit seiner Liebsten tanzte. Zufall? Er war sehr unglücklich und musste weinen. Erst Recht, als er die Münze in der Jukebox mit den eingeritzten Buchstaben "Ily" fand, die sich verklemmt hatte. In die Nebenwohnung war eine behinderte Frau eingezogen und klopfte wie wild an die Wand. Sie rief ganz laut: „Bitte lauter machen, ich kenne das Lied." Dan ging herüber und wollte wissen, wer diese Frau war. Als sie ihm die Tür aufmachte, traute er seinen Augen nicht. Seine große Liebe saß vor ihm im Rollstuhl. „Cindy du bist es?" „Ja, leider bin ich gelähmt. Er hatte mich die Treppe hinuntergestoßen." Er schaute sie lange an und sagte: „Wer schaut schon danach. Ich liebe dich trotzdem und werde es immer tun Darling." Sie umarmten sich, drückten und küssten sich… es war im Dezember… zu Heiligabend.

Eine Straßenbekanntschaft

Er saß in der Einkaufspassage auf einer Decke. Neben sich einen Hut liegend, in den die vorbeilaufenden Menschen eine Kleinigkeit hineinwerfen sollten. So stellte er sich jedenfalls den Tagesverlauf vor. Er selbst spielte auf einer Mundharmonika, oft Volkslieder. Er konnte sehr gut darauf spielen, fast professionell. Eigentlich war er nicht der typische Bettler, sondern strahlte etwas Mystisches aus. Er saß auf einem Hocker. Seine Augen gingen hin und her. Ludger hieß er. Ein etwa 30 Jahre alter Mann. Durch einen Unfall verlor er seinen Arbeitsplatz. Er konnte seinen Job nicht mehr ausüben, weil ihm ein Bein fehlte. Ludger fuhr einen Schwertransporter. Fast jedes Land konnte er so kennenlernen. Er liebte seine Arbeit. Seine Frau unterstützte ihn nicht, sondern trennte sich von ihm. Sie ließ ihn einfach im Stich.

Nun versucht er hier in den Einkaufspassagen von Amsterdam sich noch einen kleinen Betrag zu erbetteln. Wie sollte er sonst überleben? Seine Miete und andere Kosten übernahm das Amt. Nur zum Leben blieb ihm nicht viel, da er noch für die Schulden seiner Frau gerade stehen musste. Eine traurige Sache. Ludger schwieg über seine Lebensgeschichte. Er wollte nicht ausgefragt werden, denn er schämte sich zu sehr. Wochen und Monate verstrichen und der junge Mann saß immer noch dort, jeden Tag spielte er auf seiner Mundharmonika. Mittlerweile war es eisig kalt, es ging auf Weihnachten zu.

Es schneite, so dass sein Hut voller Schnee war. Trotzdem spielte er weiter und immer weiter. Die Leute liebten ihn mittlerweile und hatten sich daran gewöhnt, dass er da saß. Eines guten Tages stand Heidi vor ihm. Sie hatte schwarze kurze Haare, war schlank und sehr hübsch. Er wusste nicht wo er hingucken sollte. Wie peinlich ihm das war, dass sie ihn so sah.

Eine so schöne Frau schaute ihn fragend an und er konnte nicht entweichen. Ludger hatte ein hübsches Gesicht, darum fiel der Blick nicht auf sein fehlendes Bein. Heidi war zehn Jahre jünger. Sie kam aus einem wohlhabenden Elternhaus, hatte das Abitur gemacht und arbeitete im Krankenhaus. Mit der Zeit kamen beide ins Gespräch. Sie erzählten sich ihre Lebensgeschichten. Sie wurden immer vertrauter miteinander. Heidi lud Ludger immer öfter zum Kaffee trinken ein. Eigentlich sah sie nicht, dass ihm ein Bein fehlte, denn sie hatte sich unsterblich in diesen Mann verliebt. Ludger liebte Heidi auch. Erst hatte er Bedenken aber die Liebe war schon so groß, dass er nicht mehr zurück konnte. Heidis Eltern waren beide Ärzte und nicht damit einverstanden. Aber das junge Mädchen setzte sich darüber hinweg und brachte Ludger Sonntag vor Heiligabend mit nach Hause.

Die Prachtvilla stand am Rande des Hafens. Ludger hatte sich seine besten Sachen angezogen. Heidi trat mit ihm ein. Ihre Eltern betraten den Flur des Hauses und begrüßten Ludger, obwohl sie mit der Verbindung immer noch nicht einverstanden waren. Alle setzten sich an den Tisch und Ludger fing an zu erzählen. Alles sagte er, so wie es wirklich war. Er wunderte sich über sich selbst, wie locker er wurde. Heidis Eltern hörten aufmerksam zu. Nie zuvor hatten sie eine so herzergreifende Geschichte gehört. Mitleid empfanden sie nicht, sondern bewunderten Ludger, dass er so viel Mut hatte, seinen Alltag zu meistern. Sie kamen gut mit ihm klar und mit der Zeit mochten auch sie ihn sehr. Natürlich verbrachten alle Weihnachten miteinander.

Heidi und Ludger heirateten in Weiß und zogen in die „Amsterdamer Villa" ein. Sie wurden glücklich, obwohl Ludger älter war. Aber das wurde von dieser wunderbaren Liebe ausgeglichen. Ludger bekam eine teure Beinprothese und lernte damit laufen. Man sah nichts mehr von seiner Behinderung. Von nun an war auch er wieder ein zufriedener Mann.

"Und nun gibt es eine weitere Weihnachtsgeschichte!"

Für Erwachsene!

Knockout

Die fünfte Runde brach an. Es war der letzte Kampf in diesem Jahr, ausgerechnet so kurz vor Weihnachten. Toni hatte schon mehrere Treffer hinnehmen müssen. Irgendwie war Baxxter übermächtig. Dabei hatte Toni wirklich viel trainiert. 42 Sekunden sind schon wieder vorbei. Linda, seine Frau konnte es kommen sehen. Sie saß genau hinter den Ringrichtern. Eine schwere linke, traf Toni. Knockout. Von Beginn des Kampfes an, sah Linda alles wie in Zeitlupe. Sie sah ihren Mann Toni an und wusste, dass etwas nicht stimmen würde. Sonst tänzelte er immer im Ring, blinzelte ihr zu. Jetzt ein starrer Blick. Toni war von Kindheit an ein ehrgeiziger und fleißiger Boxer. Schon im Kindesalter kannten sie sich. Mit 17 verliebten sich beide ineinander und hatten großartige Träume. Linda begann eine Ausbildung in einer Bäckerei. Tonis Leidenschaft war immer an alten Motoren herumzuschrauben. Eine Ausbildung wollte Toni nicht machen, denn er wollte sofort das große Geld verdienen. Er wollte seiner Linda einiges bieten können. Er nahm auf dem nahegelegenen Schrottplatz einen Job an, und konnte somit seiner Leidenschaft nachgehen. Gutes Geld machte er damit zwar nicht, aber privat Autos reparieren, brachte gute Nebeneinkünfte.

Toni hatte einen durchtrainierten Körper. Eine V- Figur, breite Schultern und ordentlich Muskelmasse. wie gesagt, mit 12 Jahren begann er, mit dem Boxen. Er war sehr erfolgreich. Je höher die Gewichtsklasse, umso härter wurden die Kämpfe. Linda bat Toni immer und immer wieder, lieber eine Ausbildung zu machen. Wir können dann besser sparen und uns Rücklagen schaffen für das, was wir uns erträumt haben. Beide hatten eine kleine Wohnung, ein liebevoll eingerichtetes Wohnzimmer und ein verspieltes Schlafzimmer, welches sie ihre Spielwiese nannten. Für Linda war es das Paradies. Und jetzt? Jetzt sah sie Toni wie in Zeitlupe zu Boden fallen. Alles ging ihr nun durch den Kopf. Toni erhielt hohe Preisgelder. Aus der kleinen Wohnung wurde ein prachtvolles Haus. Zwei Sportwagen für Toni. Luxus-Kleider für Linda. Sie war eine Frau, die sich vom großen Geld verführen ließ. Aber war es das wert? Tonis Körper fiel immer weiter zu Boden, immer weiter. „Was nutzt uns der Luxus, wenn meinem Mann etwas zustößt.", dachte Linda. „Mein Gott, ich will alles wieder eintauschen!", schrie sie über die Ringrichter hinweg. Sie rannte los. Tonis Körper fiel hart zu Boden. Man hörte nur ein Knacken. Linda wollte in den Boxring, aber der Trainer hielt sie von dort fern. Auch er hörte das Knacken. Der Trainer schrie: „Er darf nicht berührt werden!" Die Ambulanz trat ein und die Dinge nahmen ihren Lauf. Nun steht wieder Weihnachten vor der Tür. Linda hat bereits alles sehr weihnachtlich eingerichtet und freut sich auf Heiligabend. Heute sind Linda und Toni immer noch ein Paar und beide haben eine Tochter. Linda übernahm die Bäckerei. Inhaber Gerd Rot verkaufte sie aus Altersgründen. Über dem Eingang hängt weiterhin das Schild mit der Aufschrift „Gutes Brot gibt es bei Rot". Toni hilft oft aus, so gut es geht. Er sitzt zwar im Rollstuhl, aber er lebt. Und wichtig ist, dass die Familie ein friedliches Weihnachtsfest feiern darf.

"Und nun gibt es eine weitere Weihnachtsgeschichte!"

Für Erwachsene!

Vorahnung

Jack Brady sprang. Etwas mulmig wird ihm wohl gewesen sein. Er weiß es nicht mehr. Jetzt sprang er 100 Meter in die Tiefe. Bei den ersten Metern dachte er daran, ob auch die Gurte und Karabinerhaken genug gesichert sind. „Hoffentlich reißt das Seil nicht.", dachte er. Bungeespringen bringt auch Risiken mit sich. Jack wurde etwas flau im Magen. Als er sich im freien Fall befand, sah er ein Kind vor Augen. „Wie war das möglich?", fragte er sich Jack und erkannte sich selbst. In einem hellen Licht erkannte er sein Gesicht nach der Geburt. Seine Eltern waren sehr liebevoll zu ihm. Vater Frank schraubte den Stuhl, an dem der kleine Jack hochklettern wollte, auf dem guten Parkett fest. Damit wollte er erreichen, dass der Kleine nicht kippte. Mutter Jane schimpfte, freute sich aber gleichzeitig über die Fürsorge von Frank. Mit Freund Carl stieg Jack oft durch ein kleines Loch in den Nachbargarten. Jede Menge Äpfel gab es dort kostenlos. Jedoch Nachbar Peters ärgerte sich immer, wenn die Lausbuben kamen und Äpfel klauten. In der Schule machte sich Jack sehr gut und seine Leistungen waren einmalig. Bis zum Studium lief es reibungslos. Hier lernte er auch Cindy kennen und lieben. Cindy war etwas älter als Jack.

Nach der Ausbildung wünschten sich beide zwei Kinder. Sie studierte Sprachen und bekam einen Job an der Stadtzeitung. Auch über Sport berichtete sie. Sie wusste auch, dass Bungeespringen eine gefährliche Sportart war. Aber es war nun mal Jacks Wunsch, einmal im freien Fall den Erdboden zu erreichen. Außerdem wollte Jack das Weihnachtsgeschenk nicht verfallen lassen.

Zwei süße Mädchen wurden geboren und sahen Cindy sehr ähnlich. Die Ohren haben sie aber von mir meinte Jack immer lachend. Sie unternahmen sehr viel gemeinsam mit den Kindern. Die Dinge rauschten an Jack vorbei und das Licht wurde immer heller und greller. „Was passiert hier nur?", dachte er. Das war sein letzter Gedanke, bevor er in den Tod stürzte.

Plötzlich ein Schrei! Cindy schüttelte ihn wach und schrie: „Jack, wache endlich auf, es war ein Traum." Heute sollte das Freizeitparadies mit

Pam und den Kindern besucht werden. Jack hatte für 14 Uhr den Bungeesprung gebucht. Nassgeschwitzt und kreidebleich ging Jack zur Toilette. Die Familie fuhr daraufhin zum Park. „Sie sind der Nächste", sagte das Personal. „Nein", sagte Jack, „ich kneife. Ich träumte, dass der Karabinerhaken brach und ich abstürzte. Ich habe Angst um meine Familie und um mein Leben."

Der erfahrene Mann am Bungee-Seil lachte und zeigte Jack die gute Ausrüstung. „Fünf sind vor ihnen gesprungen. Das Geld kann ich ihnen leider nicht erstatten. Schauen sie, hier sind die Karabinerhaken."

Als er den dritten Haken in die Hand nahm, brach das Gelenk in zwei Teile.

"Und nun gibt es eine weitere Weihnachtsgeschichte!"

Für Erwachsene!

Glück im Unglück

Norberts Leben lief im Grunde genommen monoton ab. Morgens um 6 Uhr schellte sein Wecker, danach erledigte er die Morgentoilette, warf bei einer Tasse Kaffee einen Blick in die Zeitung, danach fuhr er zu seiner Arbeitsstelle. Jeden Morgen das gleiche Ritual. Jeden Morgen die gleiche Musik im Autoradio. Sein alter Opel aus den 1970-er Jahren war sein bester Freund. Die Rockgruppe The Sweet gehörten zu seiner Familie. Norbert war nie verheiratet. Sehr gern hätte er sich eine Partnerschaft gewünscht. Mit jemandem zu sprechen, zu lachen, etwas zu unternehmen, ach, das wäre zu schön gewesen. Als Schulbusfahrer war Norbert sehr diszipliniert. Kinder und Eltern mochten ihn, streng wurde Norbert nur dann, wenn es im Bus eine Keilerei unter den Schülern gab oder jemand unbedingt ein Herz in die Polster ritzen wollte, mit den Initialen seiner großen Liebe. An der Luisenstraße bog der Bus links ab, wie üblich schaute Norbert nach rechts, die Bahn war frei, noch drei Haltestellen, dann war Norbert seine Bande wieder los. Er schaute schon zur nächsten Haltestelle, als es plötzlich krachte. Die Kinder wirbelten umher, die ganze rechte Seite war eingedrückt. Der rote Wagen drang bis zu Norberts Fahrerplatz ein. „Wo ist der kleine Markus?", schrie Norbert. Markus, Schüler der ersten Klasse, wurde eingeklemmt. Vier Schüler verletzten sich schwer. Markus war gelähmt. Norbert fühlte sich unendlich schuldig. In der Gerichtsverhandlung vermutete man, dass Norbert abgelenkt gewesen war. Der Fall zog sich hin. Von dem Tag an, war nichts mehr so wie immer. Norbert wurde krankgeschrieben. Der Kaffee schmeckte ihm morgens nicht mehr. Ein Brechreiz beim Zähneputzen, er stand einfach nicht mehr auf. Gedanken schossen durch seinen Kopf, sie waren einfach da, er konnte sie nicht steuern. Es lief doch alles so gut in Norberts Leben. Jetzt fehlte ihm erst recht eine Partnerin, die zuhörte, die ihn verstand, die da war, einfach nur da war. Jeden Tag schaute Norbert nun ins Leere. Die Gedanken kamen und gingen, völlig ungesteuert. Norbert wurde allmählich depressiv, er suchte immer mehr den Sinn des Lebens. Immer wieder erkundigte sich Norbert nach den Kindern, vor allem nach Markus. Norbert hatte entweder einen guten Tag oder einen schlechten. Innerhalb von Sekunden konnte ein guter Tag kippen, dann waren sofort wieder diese Gedanken da. Der Druck wurde unerträglich. Nach außen schien Norbert gefasst, aber seine Gedanken kreisten immer mehr um Abschied – Abschied vom Leben. Eines Morgens ging Norbert zielstrebig in seine Garage. Er wollte sich das Leben nehmen. Durch seine Schlaflosigkeit wurden Norbert Beruhigungs- und Schlaftabletten verschrieben. Die hatte er in seiner Hemdtasche, auch eine Flasche Wasser. Er setzte sich in sein Auto und hörte sich seine Lieblingsmusik an. „Ballroom Blitz" spielte, während Norbert sein Leben vor seinem Dritten Auge betrachtete.

Kommissar Keller – seine Tochter Angelika saß ebenfalls im Unglücksbus – suchte jede freie Minute nach Antworten. Er kannte Norbert als sehr umsichtigen Fahrer. Wieder stand er an der Kreuzung und beobachtete den Verkehr, es war in seinem Weihnachtsurlaub. Ein älter Herr kam auf ihn zu und schilderte: „Hier treiben sich immer einige Gestallten herum, die die Kreuzung fotografieren und beobachten. Sie tragen auch Stoppuhren bei sich. Da müssen Sie einmal Nachforschungen betreiben, Herr Kommissar." Tatsächlich beobachtete Kommissar Keller nach einer Stunde drei Männer, die sich Zeichen gaben und mit Stoppuhren die Lage sondierten. Kommissar Keller orderte Verstärkung.

Die Männer wurden festgenommen, eine Hoffnung im Fall Schulbus kam auf. Diese frohe Botschaft wollte Kommissar Keller gleich Busfahrer Norbert überbringen. Vor der Garage parkte der Kommissar seinen Einsatzwagen. Bereits beim Aussteigen roch er giftige Abgase. Ohne zu zögern stieg er in seinen Einsatzwagen, fuhr drei Meter zurück, um Anlauf zu holen und durchbrach das hölzerne Garagentor. Er hielt die Luft an und schleppte mit letzter Kraft Norbert aus seinem Auto. Sofort begann er Norbert zu versorgen, sendete einen Funkspruch ab und pumpte immer wieder Luft in Norberts Lungen. Norbert wurde gerettet. Es war zwei Tage vor Heiligabend.

Den Kindern ging es wieder gut, Markus kam noch mit Krücken in die Schule, aber es ging bergauf, die drei Männer gestanden, Versicherungsbetrügereien begangen zu haben. Alles in allem bleibt zu sagen: Glück im Unglück!

Der Überfall mit Folgen

Für den älteren Herrn mit Brille spielten die Fußballer von Wacker Null... na, ich habe die weitere Zahl vergessen, ganz einfach zu zaghaft. Der Herr mit Oberlippenbart meinte, sie spielten einfach nur grässlich. Der Herr mit dem Karohemd dagegen interessierte sich nicht für Fußball. Das Trio war bei Gerda Bernshofer gern gesehen, als ich sie besuchte, um diese Geschichte festzuhalten, plauderte sie sofort drauflos. Ich bin Reporter des Stadtspiegel-Anzeigers und wollte die Story gern schreiben. Das lag daran, dass ich die 3 Rentner jeden Mittwoch bei ihrer Plauderrunde sah, dabei dachte, was sie wohl früher einmal für Berufe ausgeübt hatten und wie ihr Leben so verlief. Die Gespräche verfolgte ich immer mit einem Ohr mit, denn ich saß regelmäßig einen Tisch weiter, mit meinem Laptop bestückt erledigte ich die Büroarbeit. So wartete ich bei einem Tee auf meine Frau, sie ist in der Anwaltskanzlei beschäftigt, gegen 18 Uhr kommt sie dann hierher. Nun, erwähnen muss ich, es war nicht immer Tee, liest sich aber schöner.

Wie gesagt, auch an dem ganz besonderen Tag saß ich, mit einem Ohr hinhörend, am Nachbartisch. Es war kurz vor Heiligabend. Der Herr mit Brille fragte in die Runde, ob noch jemand die alten Porsche Wagen kennt. „Aber sicher", so der Herr mit Karohemd, „waren das nicht welche mit VW-Motor?"... „Nein", so der Herr mit Brille, „die hatten einen Doppelvergaser und ordentlich Bums unter der Haube!"... „Sach bloß", so der Herr mit Bart, „aber die Form war gleich!"… „Flacher waren sie, viel flacher, ganz flach!", entgegnete der Herr mit Brille.

Ich schrieb weiter an meinem Bericht zum neuen Schwimmbad, konnte hier wirklich nicht folgen, es war nicht meine Zeit, ich bin Jahrgang 1991. Den Unterschied zwischen Ketten- und Nabenschaltung am Fahrrad kenne ich wohl, das war das nächste Thema der Herren. Ich schätzte sie übrigens so um die 75 ein. Fragte mich dann des Öfteren, worüber werde ich wohl mit meinem Tennisfreund Sven später einmal reden? Meine Frau kam pünktlich. „Magst du ein Getränk?", fragte ich. „Heute nicht, Liebster. Beate und Klaus kommen doch heute!"… „Ach ja, fast vergessen!" Von Frau Bernshofer erfuhr ich, dass die Herren gegen 22 Uhr aufgebrochen sind. Fröhlich, wie immer, verließen sie die kleine Kneipe. Hinter dem Grünewaldweg kam ein kleines Waldstück. Hier lauerten 2 Männer, die nichts Gutes im Sinn hatten, den älteren, körperlich unterlegenen Herren über 75, auf. Die Männer waren mit Eisenstangen und Gaspistolen bewaffnet. Es war aber nicht möglich, eine Gaspistole von einem echten Schießeisen zu unterscheiden. Es kam, was kommen musste!

In den Polizeiakten las ich später:

Die Herren Alfons D., Hubert S. und Herbert B. wurden nachts um 22.45 Uhr, am 23. Dezember, von den Männern Detlef R. und Richard T. mit Eisenstangen und geladenen Gaspistolen überfallen und beraubt. Zum

Raub kam es nicht mehr, denn Detlef R., 32 Jahre, und Richard T., 35 Jahre, wurden derart vermöbelt, dass wir den Krankenwagen bestellen mussten.

"Ist doch klar", sagte mir Frau Bernshofer, "die 3 waren Berufsboxer!"

Weihnachtlich glänzt der Wald.

Sanft fällt der Schnee.

Horcht, das Christkind kommt bald.

Ich den Stern von Bethlehem seh.

Es ist gekommen das Christuskind.

Ich will beten und es seh'n.

Laufe durch den Schnee geschwind.

Seh' Hirten an der Krippe steh'n.

Betend knie ich mich nieder.

Mein Herz erfüllt von guten Dingen.

Wir feiern es alle Jahre wieder,

drum lasset uns singen.

Wunschzettel für Weihnachtsgeschenke oder Wünsche für das neue Jahr:

Inhalt:

Heiligabend-Erinnerungen

Seit einigen Jahren sitze ich nun immer an Heiligabend auf Opas Lehnsessel. Es ist ein riesiger Ledersessel, eigentlich sitze ich nicht auf dem Sessel, sondern in dem Sessel. Er ist recht durchgesessen und ich versinke tief in ihm. Dazu umschlingen mich regelrecht seine großen Ohren.

Heute ist schulfrei und da Vater noch zur Arbeit muss, genieße ich den Augenblick hier im großen Ohrensessel. So gern erinnere ich mich an die Zeit, als Opa in ihm saß und seine Weihnachtsgeschichten erzählte. Ich saß dann immer auf seinem Schoß, während Oma für uns das Frühstück vorbereitete. Mutter war zum Einkaufen in die Stadt gefahren. So Allerlei schien noch zu fehlen, um den Heiligabend und die Weihnachtstage überleben zu können. So zumindest meinte es Opa immer. „Denke bitte noch an Mayonnaise für den Kartoffelsalat. Und du weißt doch noch, das vom Christkind.", rief Oma meiner Mutter nach. „Was meint denn Oma damit?", fragte ich Opa. „Nun, auch das Christkind isst gern Kartoffelsalat mit Würstchen.", antwortete Opa. Schnell erzählte Opa weiter und so musste ich mich mit der Antwort zufriedengeben. „Als ich ein Kind war, da gab es auch Kartoffelsalat und Würstchen. Die Kartoffeln erntete meine Mutter in unserem Garten." „Hattest du keine Schaukel oder eine Rutsche im Garten?", fragte ich Opa. „Eine Schaukel hatte ich. Wir hatten im Hof eine Teppichstange.

Dort wurden die Teppiche geklopft um sie zu säubern. Daran befestigte mein Vater eine Schaukel. Es waren zwei Seile und ein Holzbrett. Das Holzbrett hatte mein Opa gesägt. Mit Schmirgelpapier hatte er dann Kanten und Flächen gerundet, damit ich keinen Holzsplitter in den Po bekam.", antwortete der Opa. „Hi, hi! Das ist ja lustig!", sagte ich. Opa erzählte weiter: „Und im Rest des Gartens wurden noch Obst und Gemüse angebaut. Es gab Stachelbeeren, Birnen, Kürbisse und noch viel mehr. Und als es dann auf Heiligabend zuging, da holte mein Vater, also dein Uropa, die Krippenfiguren vom Dachboden herunter. Dazu gab es noch eine richtige Krippenstadt. Dein Ur-Uropa konnte noch gut schnitzen. Und da es hauptsächlich immer nur die heiligen drei Könige, Maria, Josef und das Christuskind gab, schnitzte dein Ur-Uropa noch viele weitere Figuren. Da gab es den Schmied mit dem schweren Hammer in der Hand, die Melkerin und die fröhlichen Kinder. Und wenn du zehn Jahre bist, dann schenke ich dir die Krippenstadt mit allen Figuren." Darauf freute ich mich damals schon riesig. Und heute macht Oma immer noch Marmeladenbrote für mich. „Bleibe in Opas Ohrensessel sitzen.", ruft sie gerade und bringt mir ein leckeres Brot mit Quark und Erdbeermarmelade. „Wenn deine Mutter vom Einkaufen zurückkommt und dein Papa von der Arbeit, dann hole ich die große Krippe aus meinem Zimmer.", sagt Oma. „Oma, ich bin schon zehn Jahre!" „Ich weiß, mein Junge. Ich weiß auch, was dir Opa versprochen hat, als er noch lebte. Ja, ich weiß es. Hilfst du mir denn nachher?" „Na klar!"

Ich erinnere mich, dass Opa damals die Krippe auf dem Dachboden aufbewahrt hatte. Der Dachboden war nur von außen mit einer Leiter erreichbar. Es war ein sehr altes Fachwerkhaus mit einem großen Garten. Im Vorgarten pflanzte Oma Rosen an, in allen Farben. Wenn Oma und Opa dann endlich alles ins Wohnzimmer getragen haben, wurde nun alles kontrolliert. Josef fehlte ein Bein, genauso einem Schaf. König Melchior ist eine Hand abhandengekommen. Oma rief: „Und was ist mit dem Jesuskind?" „Das ist unversehrt, du hast es im Januar schließlich in Watte gepackt.", sagte Opa. Ich durfte nun dabei sein, wie Opa die abgebrochenen Teile mit Leim sorgfältig anklebte. Manchmal konnte ich alten Leim an den abgebrochenen Teilen erkennen. „Ja, dein Vater hat schon mit seinem Opa einiges ankleben müssen. Man kann noch so vorsichtig sein. Hier oder dort stößt man an, und ab ist es.", sagte Opa. „Nein Opa, wenn ich es einmal bekomme, dann gehe ich noch vorsichtiger damit um. Mir passiert das nie!", entgegnete ich. „Na, wir werden es sehen, mein Junge.", sagte Opa und lachte dabei. Und so begann Opa mit den Klebearbeiten. Ich durfte die Teile halten. Zuerst schmiergelte Opa vorsichtig den alten Leim ab und raute die Holzstellen an. Jetzt kam ein Tropfen Leim darauf und Opa drückte beide Teile zusammen. Jetzt hatte König Melchior wieder eine Hand und konnte seine Kostbarkeiten für das Jesuskind tragen. Nun ging es mit den anderen Figuren weiter. Auch die Krippe überprüfte Opa und klebte hier und dort ein wenig. Gern war ich immer dabei, denn es roch schon herrlich nach Weihnachten. Das lag daran, dass die Krippe unter dem Weihnachtsbaum stand und

Tannennadeln darauf fielen. Auch das Holz roch wie ein Wald. Ich bin ganz gespannt wie es zu diesem Weihnachtsfest riecht? Wenn damals dann alles fertig war, trug Opa die Krippe und die Figuren zu uns. Er hatte es nicht weit, denn meine Eltern bauten gegenüber von Oma und Opa ein Haus. „Als ich Kind war", sagte Opa, „da stand die Krippe im Wohnzimmer unter dem Weihnachtsbaum, dort wo der Fernseher jetzt steht." „Mmmh, wo stand denn da euer Fernseher?", fragte ich. Opa darauf: „Nein, mein Junge, einen Fernseher hatten wir damals noch nicht. Einen Fernseher bekamen deine Uroma und dein Uropa erst später vom Christkind geschenkt." Ich staunte: „Das Christkind musste dann aber ganz schön schleppen!" Opa baute dann auch den Christbaum bei meinen Eltern auf. Oft schimpfte er dabei, denn er spitzte den Baum unten an und das Beil war wieder nicht scharf genug. Dann durfte ich im Schuppen den Schleifstein drehen. Aber zuerst gab Opa mir eine Schutzbrille, denn es flogen viele Funken. Wenn der Baum dann endlich stand, bauten Opa und ich darunter die Krippe auf. Ja, daran erinnere ich mich gern.

Nun ist Opa seit drei Jahren nicht mehr bei uns. Oma ist zu uns gezogen und wohnt nun im Souterrain, dort steht auch die Krippe. Das alte Fachwerkhaus wurde nach Opas Tod verkauft. Heute ist dort eine riesige Baustelle. Ein neues Haus mit Schwimmbecken wird dort gebaut. Hin und wieder finde ich auf der Baustelle noch einen Strauch mit Stachelbeeren, auch einen Kürbis habe ich noch gefunden. Den konnte ich aber nicht tragen, das hat Vater dann getan. Oma bereitete daraus eine leckere

Marmelade zu. Trotzdem sind alle sehr traurig, dass es Opa und das Fachwerkhaus mit dem Garten nicht mehr gibt. Oma hat mir aber erklärt wo Opa heute ist, öfter spreche ich mit ihm, er hört mich ganz bestimmt.

Mutter und Vater kommen gerade gemeinsam nach Hause. Mit großen Tüten in den Händen rufen sie: „Hallo, wir sind wieder da!" Scheinbar würden wir ohne den Einkauf bis nach Weihnachten nicht überleben können, genauso wie Opa es früher sagte. Nun, heute weiß ich natürlich Bescheid, mit den Geschenken und so, werde es aber nicht sagen. Nachher liege ich doch nicht richtig.

Mutter und Oma verabreden sich gerade in der Küche. Vater zieht sich um und ruft: „Gleich wollen wir den Weihnachtsbaum einstielen, mein Junge!" Und los geht es. Heute bin ich ganz schön im Stress, denn auch Oma benötigt gleich noch meine Hilfe bei dem Aufbau der Krippe. Jetzt geht es aber zuerst mit dem Vater in den Garten. Der Baum ist fast zwei Meter hoch. Vater legt ihn auf die Seite und probiert den Christbaumständer aus. „Passt nicht. Etwas müssen wir den Baum mit der Axt bearbeiten.", murmelte er. Opas Schuppen wurde bei uns im Garten neu aufgebaut. Er wurde in einem grün frisch gestrichen. Vater holte die Axt heraus und begann den Baum zu bearbeiten. „Die Axt ist ja gar nicht scharf genug.", ärgerte sich Vater. Irgendwie kam mir das bekannt vor. Also drehe ich wieder den Schleifstein und setze wie automatisch die Schutzbrille auf. Vater staunt fragend: „Hast du das schon öfter gemacht?" „Na klar, bei Opa, denn gleich fliegen die

Funken.", sage ich stolz. Vater grinst und streichelt meine Schulter. Los geht es. Und wieder fliegen die Funken. Auf Anhieb passt der Baum in den Ständer. Vater ging mit dem schweren Teil voran und ich trug an der Spitze. In der Zwischenzeit hat Mutter die Stelle vorbereitet, wo der Weihnachtsbaum zu stehen kommt. Sie war aber schon wieder in der Küche und hilft Oma. „So, der Baum steht. Wer schmückt denn gleich?", fragt der Vater. Im gleichen Augenblick ruft Oma: „Ich brauche Hilfe bei der Krippe!"

Mutter kommt aus der Küche und sagt: „Gehe ruhig zu Oma, ich schmücke mit Papa den Baum." „Aber lasst mir etwas übrig!", rufe ich.

Die Krippe steht auf Omas Schrank. Vorsichtig heben wir sie herunter. Zuerst stellen wir sie auf Omas Bett und packen sie aus. Wir stellen nun zwei Stühle vor das Bett und schauten uns alle Teile gut an. „Oh wie ärgerlich, hier ist ein Bein abgebrochen. Und dort ein Ohr vom Esel. Oh nein, jetzt hat die Kuh den Schwanz verloren.", sagte Oma traurig. Ich tröstete Oma: „Oma, das kann schon mal passieren. Ich hole schnell Leim und Schmirgelpapier aus dem Schuppen und dann reparieren wir alles. So wie früher mit Opa." Oma weinte. Ich lief schnell los. Ich kenne ja die Arbeiten. Zuerst schmirgele ich den alten Leim ab, dann werden die Stellen aufgeraut. Jetzt einen Tropfen Leim aufbringen und die Teile zusammendrücken. Oma ist begeistert und drückt mich. Jetzt muss alles noch trocknen. In der Zwischenzeit helfe ich Mutter und Vater beim Aufhängen der Kugeln. Der Weihnachtsbaum ist ganz toll geschmückt.

Vater trägt nun die Krippe ins Wohnzimmer und ich trage die Figuren. Es ist noch etwas Zeit bis zum Heiligabend. Bei uns beginnt der Heiligabend immer mit einem Essen um 18 Uhr. Bis dahin legt Oma sich etwas in ihr Bett. Ich bin zu aufgeregt dafür und spiele in meinem Zimmer. Was Mutter und Vater gerade machen, dass weiß ich jetzt nicht.

Pünktlich um 18 Uhr läutet die kleine Weihnachtsglocke von Oma. Früher ging ich ja mit Opa und Oma in den Nachmittagsgottesdienst, heute darf ich zum ersten Mal in die Mitternachtsmette. Aber jetzt ist erst einmal Heiligabend eingeläutet und ich laufe gespannt ins Wohnzimmer.

Ich bin der Erste, Mutter, Vater und Oma folgen. Der Weihnachtsbaum ist hell erleuchtet. Sollte ich mich mit den Geschenken doch geirrt haben? Ich sehe viele bunt geschmückte Geschenke. Welches ist wohl für mich?

„Kommt ihr bitte zum Essen!", ruft die Mutter. Zuerst wird gebetet. Das ist jedes Jahr so. Ich sollte eigentlich viel öfter beten. Vielleicht kann Opa im Himmel ja ein gutes Wort beim lieben Gott für mich einlegen.

Ich habe eine ganze Wurst gegessen und drei Löffel Kartoffelsalat. Nun ja, ich habe heute auch viel zu tun gehabt. Ich war beim Baumeinstielen dabei... beim Schleifen der Axt und habe die Krippenfiguren geklebt. Jetzt freue ich mich auf ein Geschenk vom Christkind. Der Vater legt eine Schallplatte mit Weihnachtsmusik auf. Jedes Paket trägt einen Namen. Ich habe mir so sehr einen Elektronik-Baukasten gewünscht. Tatsächlich habe ich ihn bekommen. Zwei weitere Geschenke sind auch noch für mich. Und auf einem Umschlag steht mein Name. Ich bin ja so gespannt. Jetzt sitzen wir im Wohnzimmer, Vater hat gerade neue Bienenwachskerzen angezündet und ich öffne den Brief. „Mein lieber Enkel. Wenn Du diesen Brief liest, dann bin ich schon im Himmel. Ich sehe Dich wie fleißig Du bist. Frohe Weihnachten wünsche ich Dir, Oma, Mutter und Vater. Du bist nun Zehn Jahre. Jetzt schenke ich Dir die Krippe und die Figuren. Du bist nun mein Nachfolger. Es grüßt und umarmt Dich, Dein Opa im Himmel. Ich liebe euch." Mit einem schweren Kloss in der Stimme konnte ich den Brief lesen. Wir nahmen uns alle in die Arme und weinten. Um Mitternacht freue ich mich nun auf die Christmette, um zu beten und mich bei Opa zu bedanken.

Viele Jahre später...

Es sitzt sich gut in Opas Ohrensessel. Das Aufpolstern hat viel gebracht. Auch die Aufarbeitung des alten Leders ist ein Erfolg. Das habe ich mir als Weihnachtsgeschenk bereitet. Den Baum habe ich auch schon, nun kann ich etwas im Ohrensessel verbleiben, bis meine Frau vom Einkaufen zurückkommt. Immer noch erinnere ich mich gern an die gute alte Zeit zurück. Wo das Haus der Großeltern stand, steht nun ein herrliches Haus mit Doppelgarage. Es gefällt mir schon recht gut. Auch der Swimmingpool im Garten. Gemüseanbau gibt es nun nicht mehr. Und trotzdem erkenne ich von unserer Küche aus, dass zwischen den Grundstücken ein kleiner wilder Stachelbeerstrauch wächst. Hoffentlich kann er lange überleben.

Oma ist nun vor zwei Jahren von uns gegangen. Sie hat, Gott sei Dank, die Geburten ihrer Enkelkinder miterleben dürfen. Mein großer Sohn ist jetzt acht Jahre, die Tochter ist sechs.

„Hi, wir sind wieder da!", ruft der Sohn und setzt sich auf meinen Schoß. „Wann wollen wir den Baum aufstellen?", fragt er. Im gleichen Augenblick macht sich sein Smartphone bemerkbar. „Ach, ich will mich nachher noch mit Mike treffen, also lass' uns Starten!" Tja, wie sich die Welt so ändert. Zu Großvaters-Zeiten gab es Namen wie Karl und Heinrich, als mein Vater jung war, war der Name Peter und Thorsten modern. Zu meiner Zeit gab es den Namen Dennis und heute sind Mike und Linus angesagt. Noch schwieriger sind heute die Mädchennamen. Aber alle Namen kommen mit der Zeit wieder zurück. Nun, wenn ich mir einmal eine Schwiegertochter wünsche, dann hoffentlich nicht Chantale, Yvonne oder Nicole. Aber wo die Liebe eben hinfällt. Auch war es noch zu meiner Zeit eine wichtige und heilige Zeit an Heiligabend zu Hause zu sein, sowie die Eltern zu beobachten, wer nun wirklich die Geschenke bringt. Ich denke, dass in diesem Jahr die Kinder noch einmal, vielleicht zum letzten Mal, vom Weihnachtsmann und dem Christkind besucht werden. In den letzten Jahren half der Nachbar aus und stieg ins Kostüm. Nun hat er Rücken. Vielleicht irre ich mich auch und der Glaube ist stärker. Ich würde es mir wünschen, denn es hat sich schon genug auf dieser Welt zum Nichtguten geändert. Daher sollte die Familie das Heiligste sein und für immer bleiben. Weihnachten und Ostern müssten vom Ursprung her wieder in den Vordergrund gestellt werden.

So, jetzt starten wir in den Garten. Der Christbaum ist sehr gut gewachsen. Ich suche zunächst einmal die Axt. „Im Sommer werden wir mal den Schuppen aufräumen und neu streichen.", sage ich zum Sohn.

„Vielleicht in rot?", antwortet er. „Ja, warum nicht?" Die Axt ist gefunden. Erstaunlicher Weise ist sie sogar noch scharf. Obwohl ich gern den neuen elektrischen Schleifstein probiert hätte. „So, fertig, es passt. Trage du hinten an der Spitze, Sohn." Als wir im Wohnzimmer waren, bemerkte ich, dass ich den Baum allein getragen habe. Mein Sohn schrieb während des Gehens eine SMS an seinen Schulfreund. Der Baum steht da, wo jedes Jahr der Christbaum steht. Da hat sich nichts geändert. Und es ist auch derselbe Christbaumschmuck, ganz so wie in der guten alten Zeit.

Die Mutter bereitet in der Küche das Essen vor. Traditionsgemäß gibt es Kartoffelsalat und Würstchen. Mutter und Tochter schälen Kartoffeln, vermischen alles und schmecken ab. Wobei zu sagen wäre, dass die Tochter eher fürs Abschmecken zuständig ist. Nachdem der Sohn 8 Kugeln dicht nebeneinander an den Baum gehängt und alle 12 Kerzenhalter auf den unteren Zweigen verteilt hat, riet ich ihm dann doch, dass er noch seinen Freund Mike besuchen solle, aber auch, dass er um 17 Uhr wieder zu Hause sein muss. Der Baum sieht nun wirklich verunstaltet aus, wenn er nicht mit Hingabe geschmückt wird. Ich hörte dann nur noch die Haustür ins Schloss fallen. Mit einer weihnachtlichen Musik will ich mir den Baum dann doch noch einmal vornehmen. Zunächst musste ich auf der riesigen Festplatte die Weihnachtsmusik suchen. Im Ständer standen auch noch CD's. Wie von Geisterhand öffnete sich das untere Schrankfach in dem so allerlei Gerümpel verstaut ist. Schleifen und kleine Osterhäschen, aber auch Eisbecher und Strohhalme finden hier ein zu Hause. Aber auch ein paar Weihnachtsschallplatten rutschten mir entgegen. Im Fach darüber steht eine ältere Musikanlage mit Schallplattenspieler und sogar noch mit Cassetten-Recorder. Damals war die Musikanlage hochmodern, denn sie besaß schon einen USB-Anschluss. Ich schalte die Festplatte aus und lege eine Schallplatte auf, um in Stimmung zu kommen. Karl-Heinrich Waggerl erzählt jetzt seine Weihnachtsgeschichte, dazu singen die Wiener-Sängerknaben. Nun, die Kugeln können doch noch etwas warten, ich setze mich in den Ohrensessel und lausche den Künstlern. Damals haben meine Eltern mit mir das Karl-Heinrich Waggerl-Museum in Wagrain in Österreich besucht. Ich glaube, diese Schallplatten waren schon im Besitz meiner Urgroßeltern. Sie wurden dann immer weitergereicht. Meine Großeltern hörten sie auf jeden Fall jeden Heiligabend. Und da ich diesen Wohnzimmerschrank von meinen Eltern übernommen habe, sind die Schallplatten nun in meinem Besitz. Ob ich die Kinder damit wohl auch begeistern kann? Gewiss nicht! Ich schaue aufmerksam auf den Tonarm, wie sich die Nadel Umdrehung für Umdrehung vorarbeitet. Dabei bemerke ich nicht, wie ich in meinen Gedanken versinke.

„Klack" macht es und der Tonarm geht in seine Ausgangsstellung. Habe ich gedöst? „Papa, sieh mal, wir sind fertig!", ruft meine Tochter. „Mit dem Kartoffelsalat?", frage ich. „Nein", sagt meine Frau, „mit dem Baumschmücken!" Ich schämte mich. Aber der Baum ist nun zu einem stolzen Christbaum geworden. In diesem Augenblick schellte es an der Haustür. „Oma und Opa kommen!", ruft meine Tochter. Ja, meine Eltern haben mir das Haus überlassen. Sie sind in eine ebenerdige Wohnung gezogen, ganz in der Nähe. Opa hat Rücken und Oma Knie. „Wir haben unseren Enkel unterwegs aufgelesen. An Heiligabend sollte die Familie schon zusammen sein.", sagt Opa mit erhobenem Zeigefinger. „Ja Opa, ich bessere mich.", sagt sein Enkel.

„Kann ich noch etwas helfen?", fragt Oma die Mutter. „Ja, treffen wir uns im Souterrain, da wäre noch etwas einzupacken.", flüstert die Mutter. „Lass' mich zuerst mit Opa die Krippe holen!", rufe ich. Gesagt, getan. Und wie in jedem Jahr kümmern sich Opa und Enkel oder Vater und Sohn um den Krippenaufbau. „Nanu, nichts ist abgebrochen in diesem Jahr.", staunt mein Vater. „Ich habe es meinem Opa auch damals versprochen.", sage ich leise und denke an ihn. „Ich weiß, mein Junge, ich weiß."

Eine Tradition habe ich auch noch übernommen. Jeder verlässt bis um 18 Uhr das Wohnzimmer. Und alle halten sich auch daran. Nur werde ich in diesem Jahr mogeln.

Die Kinder sind in ihren Zimmern. Oma, Opa und die Mutter sind im Souterrain. Ich schleiche mich zurück ins Wohnzimmer. Aus dem Internet habe ich ausgeschnittene Fußspuren besorgt. Einmal ein Paar vom Weihnachtsmann und ein Paar vom Christkind. Der Weihnachtsmann trägt große Stiefel und das Christkind ist barfuß unterwegs. Die Pappvorlagen lege ich auf den Boden, einmal der Weg hin zum Christbaum und wieder zurück zur Balkontür, die ich leise öffne. Mit dem speziellen Schnee, der den Vorlagen beiliegt, sprühe ich nun die Fußspuren aus. Jetzt aktiviere ich die Weihnachts-App, die ich zuvor aus dem Internet geladen habe. Pünktlich um 18 Uhr und 3 Minuten soll es nun Geräusche im Wohnzimmer geben. Das Smartphone verstecke ich natürlich. Danach schleiche ich mich aus dem Wohnzimmer und gehe in mein Büro.

Noch wenige Minuten. Ehrlich gesagt, ich bin so aufgeregt wie in jungen Jahren. Ob auch alles klappen wird?

17Uhr und 59 Minuten. Ich klingele Omas Weihnachtsglocke. Alle kommen aus ihren Zimmern und versammeln sich vor der Wohnzimmertür. Plötzlich hört man Geräusche. Wir schauen uns alle an. Niemand fehlt. „Ho, ho, ho, na die Kinder werden sich aber wieder freuen!", ruft der Weihnachtsmann. „Ja, und die Erwachsenen werden staunen, dass wir immer zur gleichen Zeit hier sind. Wir sind eben pünktlich!", ruft das Christkind. Sofort öffnet der Sohn vorsichtig die Wohnzimmertür. Unter seinem Arm kommt seine Schwester zum Vorschein. „Schau', da sind Spuren. Und dort liegen Geschenke.", flüstert er. Ja, und wie die Geschenke unter den Weihnachtsbaum gekommen sind, das weiß ich nun wirklich nicht, denn ich bin viel zu beschäftigt gewesen. Ehrlich.

Nachtrag:

Das Heiligabend-Essen ist wunderbar gewesen. Gemeinsam haben wir die Christmette besucht. Dort habe ich mich dann wieder bei Opa und Oma bedankt. Bedankt, dass wir in unserer Familie gesund sind und Frieden haben. Frieden, Gesundheit und Essen für die ganze Welt! Sie sind im Himmel und leiten alles weiter.

Mein Weihnachten

Ich kann mich noch sehr gut erinnern, wie bei uns zu Hause Weihnachten gefeiert wurde. Als Kind bekommt man gar nicht mit, ob die Eltern schon vor dem Fest gestresst waren oder nicht. Bei meiner Mutter und meinem Vater ging alles harmonisch von statten. So stressig wie heute war es damals natürlich nicht. Man gab nicht so viel Geld für Geschenke aus. Das familiäre Zusammensein stand an erster Stelle. Jeder freute sich über Kleinigkeiten, wobei ich sagen muss, dass ich als Nesthäkchen immer ordentlich verwöhnt wurde. Opa und Oma kamen immer am Heiligabend schon morgens zu uns. Tante und Onkel besuchten uns am ersten Feiertag. Alle brachten stets reichlich Geschenke und Süßigkeiten mit. Ich musste dann ein Gedicht aufsagen, welches ich schon Tage vorher auswendig gelernt hatte. Der Heiligabend wurde von meinen Eltern und Großeltern ganz besonders zelebriert. Keiner durfte vor 18 Uhr das Wohnzimmer betreten. Als es dann endlich soweit war, klingelte meine Mutter mit einer kleinen Messingglocke und wir traten dann erwartungsvoll ins Weihnachtszimmer ein. Nur der Tannenbaum war beleuchtet. Die echte Tanne strahlte mit den ebenfalls echten Kerzen und dem alten nostalgischen Weihnachtsschmuck. Meine Kinderaugen wurden immer größer. Es hingen auch Wunderkerzen daran, die ich im Beisein meiner Eltern anzünden durfte. Der Duft, der dabei entstand, vermischte sich mit dem Duft der Tanne, den Kerzen und dem herrlichen Braten, den meine Mutter auf ihrem alten Küchenherd bereitet hatte. Der Küchenherd musste noch mit Kohle betrieben werden und dabei verbreitete sich zusätzlich eine wohlige Wärme in der kleinen Wohnung. Nachdem ich den Baum bestaunt hatte, enddeckte ich auf dem Garbentisch eine wunderschöne handgearbeitete Puppenstube. Dort waren kleine Gardinen an den Fenstern und die kleinen Möbel versetzten mich in eine andere Welt. In meiner kindlichen Fantasie bildete ich mir ein dort zu wohnen. Meine Eltern und Großeltern saßen glücklich und zufrieden auf dem Sofa und beobachteten mich. Vater und Opa tranken wie immer an diesem Heiligabend Wein. Wenn sie dann angeheitert waren, kamen ihre Töne beim Gesang der Weihnachtslieder so richtig zur Geltung. Ich musste dann oft lachen, weil es einfach zu komisch war. Nun bat meine Mutter alle zu Tisch. Ihr selbstgemachter Kartoffelsalat und die besonders leckeren Würstchen dazu, waren ein krönender Abschluss dieses wunderbaren Abends. Ich erinnere mich heute gerne zurück und habe oft das Gefühl, als wenn es erst gestern gewesen wäre.

Der erste Weihnachtstag

Am Weihnachtsmorgen konnte ich nicht schnell genug aus dem Bett steigen. Meine Puppenstube musste ich unbedingt zum Leben erwecken. Als Kind konnte ich mich so ins Spiel hineinversetzen, dass ich selbst glaubte in diesem Puppenhaus zu wohnen. Da Oma und Opa immer an Weihnachten über Nacht blieben, konnten wir alle gemeinsam ein gemütliches Weihnachtsfrühstück einnehmen. Der Duft des Tannenbaumes und des leckeren Bratens war intensiver als am Vortag. In der Wohnküche meiner Eltern war es sehr gemütlich. Der alte Kohleofen, der gleichzeitig zum Kochen diente, gab eine wohlige Wärme ab. Meistens schneite es an Weihnachten, so auch an diesem Tag. „Tante Hanni und Onkel Peter kommen heute Nachmittag und bringen auch Klaus-Peter mit.", sagte meine Mutter beiläufig. „Freust du dich denn?", fragte sie mich. „Sicher Mama, du weißt doch, dass ich mich freue wenn mein

Vetter mitkommt.", antwortete ich und war in Gedanken an meine Puppenstube ganz versunken.

Am Nachmittag klingelte es. Tante, Onkel und Vetter traten ein mit riesen Paketen unter den Armen. Klaus-Peter brachte seine Gitarre wie immer an solchen Tagen mit. Wenn die ganze Familie versammelt war spielte er darauf. Eine noch fröhlichere Stimmung machte sich breit. Alle hatten beste Laune und nahmen erst einmal am Kaffeetisch Platz. Wie immer hatte Mama einen Frankfurter Kranz gebacken, den alle sehr gerne aßen. Schon an der Kaffeetafel brach tolle Stimmung aus. Mein Vetter holte immer wieder seine Gitarre heraus und begann Weihnachtslieder zu spielen. Natürlich sangen alle aus Leibeskräften mit. Der Nachmittag verging sehr schnell und langsam wurde es dunkel. Es schneite draußen wieder, heftiger als je zuvor. Mein Kinderherz war voller Freude. Wie beschützt fühlte ich mich doch im Kreise meiner Familie. Meine Mutter bat alle Anwesenden im Wohnzimmer Platz zu nehmen. Vater zündete die Wachskerzen an und wieder überkam mich ein wunderbares Gefühl. Ein Gefühl der Freude und Geborgenheit. Nur kam ich auch heute nicht davon ohne ein Gedicht aufzusagen. Es war nun einmal Tradition bei uns. Leise Gitarrentöne ließen erahnen, dass alle gleich wieder sangen. Tante Hanni hatte für jeden ein kleines Geschenk, worüber sich alle sehr freuten. Mein Vater bekam Rasierwasser, meine Mutter eine Schürze, Opa eine Pfeife und Oma ein paar warme Pantoffeln. Natürlich war ich neugierig auf das, was ich bekam. Ich riss das Geschenkpapier ab und konnte vor Erstaunen nichts mehr sagen. Ein kleiner Kaufmannsladen kam zum Vorschein. Dort fand ich alles, was auch in einem richtigen Laden vorhanden war. „Ja dann wollen wir mal kräftig bei dir einkaufen!", rief mein Opa und musste herzlich lachen. Der schöne Weihnachtstag ging langsam zu Ende und mit Tränen in den Augen verabschiedeten sich alle.

Jedes Jahr feierten wir auf die gleiche Weise Weihnachten, bis meine Großeltern starben. Ich wurde älter, aber das Weihnachtsfest bleibt bis heute für mich etwas ganz besonderes. Immer am Heiligabend denke ich an Opa und Vater, sie konnten so schön singen. Ich denke an Mama, die sich stets bemühte, uns ein gemütliches Weihnachten zu bereiten. An die Klänge der Gitarre meines Vetters denke ich mit Wehmut. Diese Erinnerungen kommen immer wieder am Heiligabend; und ich denke so gern an diese schöne Zeit zurück.

Jetzt ist Weihnachten

Weihnachten, heilige Zeit,

geschmückte Räume,

alles ist verschneit,

erwartungsvolle Kinderträume.

Der Heiligabend ist so nah,

alles ist so feierlich,

bald ist das Christkind da,

still ist es und weihnachtlich.

Die Glocken läuten zur Andacht,

dicke Schneeflocken fallen,

kommt zum Kind in dieser Nacht,

die Klänge der Orgel durch den Winter hallen.

Die hl. Messe war so schön,

es schneit schon wieder,

Zeit ist's nach Haus zu gehen,

Stimmt an, die Weihnachtslieder.

Heiligabend im Herrenhaus

Es war am Weihnachtsabend; und alle hatten Omas herrlichen Truthahn-Braten genossen. Die Enkel lagen auf dem dicken Teppich und spielten mit ihren neuen Baukästen und ferngesteuerten Autos. Die Zwillinge hatten gerade das 8. Lebensjahr vollendet. Sie waren der ganze Stolz der Familie. Erich und Marianne konnten erst sehr spät Eltern werden und durften froh sein, dass es doch noch geklappt hatte.

Graf Bertram von Wildholz und seine Gattin Gräfin Hermine von Wildholz waren seit vielen, vielen Jahren ein zufriedenes und auch mit Reichtum gesegnetes Paar. Erich, der Sohn, sollte später einmal Herr über das riesige Anwesen seiner Eltern werden. Er bewohnte bereits den Westflügel des Herrenhauses mit seiner Familie. Nun saßen sie alle in dem behaglichen Wohnzimmer an dem großen, offenen Kamin zusammen. Leise spielte Oma Hermine an dem uralten Flügel „Stille Nacht". Der drei Meter hohe Tannenbaum leuchtete in seiner ganzen Pracht. Großvater Bertram begann zu erzählen: „Ich war noch ein kleiner Junge und bevor der Zweite Weltkrieg ausbrach, vergiftete das politische Klima auch das tägliche Leben. Die Menschen hatten Angst vor dem, was da kommen sollte. Nun gut, ich war noch ein Kind, immer gut behütet.", erzählte der Graf. „Ich war ein neugieriger und immer für einen Streich aufgelegter Wirbelwind.", sagte er.

Das Gutshaus war der ideale Ort, um sich zu verstecken und Dummheiten zu machen.", führte der Opa weiter aus. Sein Sohn Erich und seine Schwiegertochter Marianne hörten gespannt zu und lauschten dabei den weihnachtlichen Klavierklängen, die von Hermine präsentiert wurden. „Erzähl' weiter, Großvater, wir wollen mehr hören", riefen die Zwillinge Robin und Linus. Sie kamen angerannt und setzten sich in einen der großen Ohrensessel, sodass man nur noch rechts und links ein Stück der Kinderarme sah, wenn man hinter dem Sessel stand. „Ich lief in eines der leer stehenden Gästezimmer und kletterte in den Speiseaufzug, dann zog ich die kleine Holztür zu und gab keinen Mucks von mir. In dieser Stellung verharrte ich bis in die Abendstunden.", sagte der Großvater mit einem Grinsen im Gesicht.

„Niemand fand mich. Sie suchten das Haus, das Grundstück, die Pferdeställe und die Dachböden nach mir ab.", amüsierte sich der Graf und strich sich stolz über seinen Kinnbart. „Da es schon sehr spät war und auch alle verzweifelt über mein Verschwinden waren, wollte ich nun wieder aus meinem Versteck klettern und die anderen überraschen.", sagte Graf Bertram. „Nur diese verdammte, alte Holzschiebetür ging nicht auf. Was sollte ich nur machen? Ich klopfte verzweifelt vor die Tür. Erst leise und dann immer lauter. Alle dachten es wäre ein Spuk, aber schließlich wurden sie auf die Geräusche aufmerksam.", erzählte der Großvater.

Linus rief: „Opa, Opa und wie ging es weiter?" „Ja, ich wurde vom

Personal befreit und meine Eltern haben immer, wenn ich etwas

ausgefressen hatte, die Schiebetür vom Speiseaufzug zur Seite

geschoben und gesagt: „Du weißt ja was mit kleinen Jungen passiert, die

nur Flausen im Kopf haben.", sagte der alte Graf. „Von da an war ich ein

Vorzeigeknabe, der es aber faustdick hinter den Ohren hatte.", lachte

Bertram. Alle anderen mussten auch schallend lachen. Beim Klavierspiel

von Oma Hermine erlebte die Familie noch einen herrlichen Heiligabend.

Die Kinder waren in dem mit rotem Samt bezogenen Ohrensessel

eingeschlafen und Papa Erich weckte sie sanft, um mit ihnen noch

gemeinsam ein Lied zu singen, zum Abschluss des wunderschönen

Weihnachtsabends bei den Großeltern im Herrenhaus.

Endlich Weihnachten

Es weihnachtet überall sehr,

alle Fenster sind bunt geschmückt.

Liebes Christkind komm' bald her,

Wir sind so selig und beglückt.

Der Heiligabend ist nun da,

es sitzen alle um den Baum.

Viele Wünsche werden wahr,

Weihnachtsduft erfüllt den Raum.

Mutter bringt den Braten rein.

Wie friedlich doch alles ist.

Strahlend ist des Baumes Schein,

oh Tannenbaum wie schön du bist.

Fitus, der Kobold, und der Seemann

Es schneite am 22. Dezember auf Sylt. Fitus ging vergnügt durch List und beobachtete alle Menschen bei ihren Weihnachtsvorbereitungen.

Immer wieder schaute er auch bei den Hansens vorbei. Vater Hansen lag immer noch im Krankenhaus. Er war vom Dach gefallen. Mutter Hansen musste nun für ihre 3 Kinder alles allein organisieren. Jeden Tag besuchte sie ihren Mann, machte danach den Haushalt und kümmerte sich liebevoll um ihre Kinder.

Torben ist 5 Jahre, Lore ist 8 Jahre und Sven 10. Er hilft Mutter Luise wo er nur kann. Hauptsächlich möchte aber Torben mit ihm spielen. Dabei musste doch Weihnachten vorbereitet werden. Der Tannenbaum muss noch besorgt werden, die Christbaumkugeln aus dem Keller hochholen und die Wohnung hübsch schmücken, Mutter Luise ist einfach überfordert.

Fitus erkannte die Sorgen der Familie, aber da gibt es auch noch viele andere Familien, denen geholfen werden müsste.

Nun überlegt unser Sylter Strandkobold und überlegt. Er geht den Lister Hafen auf und ab. „Wie kann ich nur helfen?", murmelt er so vor sich hin. „Moin", ruft da ein Mann, der auf die Nordsee blickt. Fitus dreht sich um, niemand ist zu sehen. „Meinst du mich?", fragt Fitus den Mann. „Ich werde doch nur von Kindern und Tieren gesehen." „Tja, ich kann dich eben sehen, lieber Kobold Fitus." Fitus war erstaunt. Aber so kurz vor Weihnachten musste sich Fitus noch um so viel kümmern, dass er nicht weiter darüber nachdenken konnte. „Ich bin Seemann, kann ich dir helfen?", fragt Klaus, der Seemann. „Ach, dich schickt der Himmel. Da ist eine Familie, die braucht dringend Hilfe. Ich weiß nicht wie du helfen kannst, aber mache einfach etwas. Dann kann ich nach Westerland, um den Ludwigs zu helfen."

Gesagt, getan. Fitus lief schnell nach Westerland und verließ sich ganz auf Seemann Klaus.

Morgens, am 23. Dezember, bei den Hansens:

Oh Schreck, jetzt hat sich Mutter Luise auch noch den Fuß verstaucht. Vater Hansen darf zwar das Krankenhaus über Weihnachten verlassen, aber er liegt ganz eingegipst auf dem Sofa. Mutter Luise humpelt durch die Küche und die Kinder spielen im, Kinderzimmer. Es schellt. Sven öffnet die Tür, er ist traurig, denn es gibt in diesem Jahr wohl kein Weihnachten. „Ho, ho, ho!" ertönt es vor der Tür. „Bist du es wirklich?", ruft Sven etwas erschrocken. „Ja, ich bin es, ich bin der Weihnachtsmann. Ich bringe Geschenke, einen Weihnachtsbaum und einen leckeren Fisch aus der Nordsee mit.", sagt der Nikolaus in seinem roten Mantel, mit dem weißen Bart. Die Familie freut sich riesig. Der Nikolaus stellt den Baum auf, er räumt mit den Kindern die Wohnung auf und schläft schnarchend im Kinderzimmer bei den Kindern ein.

Am 24. Dezember, also Heiligabend, kocht er ein leckeres Essen für den Abend. Mutter Luise weint vor Freude. Und dann geht es auf 18 Uhr zu. Die Familie versammelt sich vor dem prächtig geschmückten Weihnachtsbaum. Die Tür geht auf und herein kommt der Weihnachtsmann. Sie beten gemeinsam am Tisch und freuen sich auf das leckere Nikolausessen. Danach schickt der Nikolaus die Familie ins Wohnzimmer. Alle sind ganz gespannt, es ist ein so herrlicher Heiligabend, sollte es jetzt sogar noch Geschenke geben? Tatsächlich! Für jeden gibt es genau die Geschenke, die sich jeder gewünscht hat. „Danke, lieber guter Weihnachtsmann!", rufen alle. Der Weihnachtsmann verabschiedet sich von allen und nimmt jeden in die Arme.

In der Zwischenzeit hat Fitus alles erledigt. Jetzt will er schnell zu den Hansens, um zu sehen, wie der Seemann Klaus helfen konnte. Vor der Haustür trifft er Klaus. Er ist ja nicht zu übersehen mit seinem gestreiften Pullover und dem braunen Vollbart. „Alles ist erledigt, lieber Fitus. Lauf nach oben und freue dich mit den Hansens. Übrigen, ich wünsche dir „Frohe Weihnachten" mein Freund". „Dir ebenso und danke für deine Hilfe, lieber Seemann Klaus."

In der dritten Etage angekommen, fallen die Kinder Fitus glücklich um den Hals. „Fitus, Fitus, stell' dir vor, der echte Weihnachtsmann war bei uns. Er hatte einen weißen Bart und einen roten Mantel getragen. Schau Fitus, was er mir mitgebracht hat.", ruft Lore. Fitus staunt. „Es begegnete mir doch nur der Seemann Klaus. Ja, manchmal geht der Nikolaus ganz eigene Wege um zu helfen.", freute sich Fitus.

Frohe Weihnachten wünscht das Team von
SÜLTZ BÜCHER